Betania

Para Bia Imenes.

Betania

Ricardo Alcántara - Irene Bordoy

EDITORIAL JUVENTUD, S.A. - Provenza, 101 - Barcelona

Para Betania, que vivía en una pequeña aldea de pescadores, era normal oír hablar de Iemanjá, la diosa del agua.

Allí todos aseguraban, aunque nadie la había visto, que la diosa tenía una larga melena del color de la arena, que vestía una túnica plateada hecha con escamas de peces y que sus ojos eran tan negros como las noches sin luna.

Según decían, era Iemanjá quien cuidaba de que el río no se desbordara y que las aguas avanzasen sin detenerse, indicándoles el camino hasta el mar.

Y era ella, la diosa del agua, la que hacía que las jangadas flotasen sin volcarse, habiendo enseñado a los pescadores a construir sus redes y preocupándose de que los peces nunca faltasen.

Nadie dudaba de la existencia de Iemanjá. Es más, la mayoría de ellos, en cuanto se levantaban, lo primero que hacían era acercarse a la orilla para saludarla.

Betania, así que el sol la despertaba, saltaba de la hamaca y se dirigía a la margen del río. Se echaba de bruces, metía las manos dentro del agua y cerraba los ojos para sentir mejor las cosquillas que Iemanjá le hacía en la punta de los dedos. A veces eran tan fuertes que la niña reía entusiasmada. Entonces se incorporaba y pisando fuerte para salpicar más alto se metía en el río y allí se quedaba rato y rato jugando con el agua. Pero salía antes de que el sol calentara demasiado, pues debía ocuparse de su árbol. Lo habían plantado sus padres el día en que ella nació, como era costumbre en la aldea, y la niña sabía que debía cuidarlo.

Mientras el árbol creciese, tuviera las hojas verdes y no se quedase sin flores, a Betania no podría sucederle nada malo.

La niña iba cada mañana a visitarlo y después de regarlo buscaba entre sus ramas la flor más abierta. La cortaba y se la engarzaba en el cabello, sobre la oreja.

Cuando el hambre le hacía pensar que ya era hora de comer algo, cogía unos cuantos frutos y se sentaba sobre las rocas.
Allí aguardaba a las jangadas, que solían regresar a media mañana.

Al verlas acercarse, Betania daba voces y agitaba los brazos y corría hacia la pequeña playa donde los pescadores acostumbraban desembarcar.

Los aldeanos, al oírla, también se preparaban para recibir a los hombres que habían pasado la noche fuera de casa.

Entre todos ayudaban a varar las barcas y luego, mientras charlaban animados, repartían el pescado.

Pero una mañana como tantas otras, en la cual nada hacía presagiar algo extraño, los pescadores regresaron con las manos vacías, pues sus redes no habían capturado ni un solo pez.

Los aldeanos, al enterarse de ello, tomaron el hecho a broma y en medio de sonrisas comentaron que, en vez de dedicarse a la faena, los hombres habían pasado la noche durmiendo.

Pero al día siguiente, al ver que las barcas regresaban nuevamente sin carga, se miraron unos a otros, extrañados, y no fueron capaces de hacer ningún comentario.

A medida que los días iban pasando ya no era necesario que los gritos de Betania les anunciasen la llegada de las jangadas, pues todos, de buena mañana, se reunían en la playa para esperarlas. Y al saber que aquella noche tampoco habían pescado, regresaban a sus chozas abatidos y preocupados.

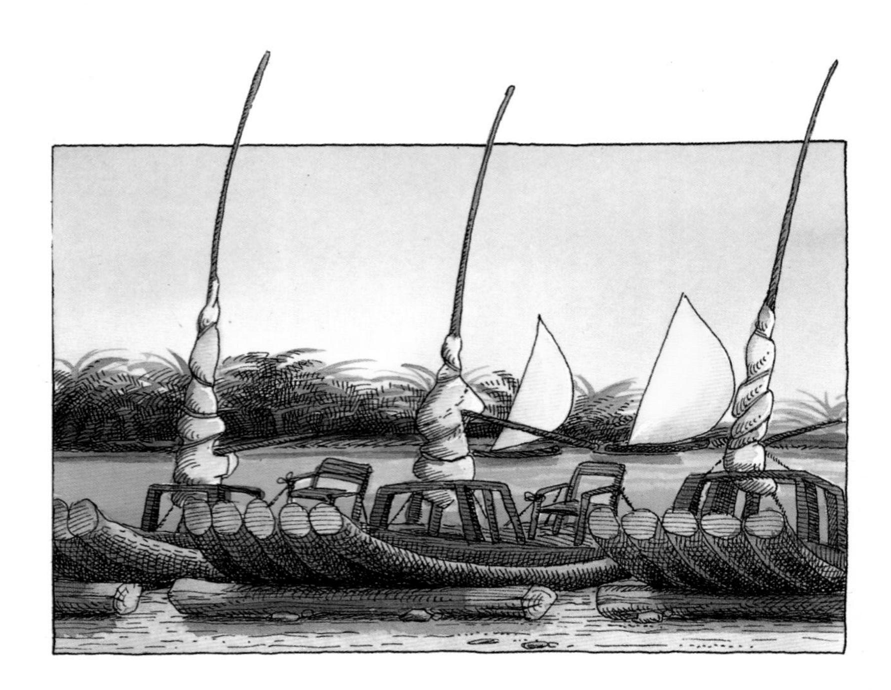

—Nunca ha sucedido nada parecido —comentaban los más ancianos.

—¿Qué puede ser? —preguntaban otros, bastante intranquilos.

—Quizá Iemanjá esté enfadada con nosotros —sugirió alguien, provocando un murmullo inquietante.

Pronto se propagó por la aldea la noticia de que, seguramente, la diosa no les permitía coger peces porque estaba enfadada con ellos. Y eso les dejó aún más apesadumbrados.

A partir de entonces casi ni hablaban. Pasaban horas y horas sentados cerca del río, con la mirada fija en el agua. Cada atardecer era menor el número de barcas que salía a pescar. La mayoría de los hombres, habiendo perdido la esperanza de conseguir algo, ni siquiera lo intentaban.

Betania, al verles muy quietos y callados y cargados de una enorme tristeza, no entendía cómo en tan poco tiempo habían cambiado tanto.

La chiquilla se preguntaba cómo era posible que la gente no confiara en que las cosas se arreglarían. Si en verdad Iemanjá estaba enfadada, ya se le pasaría, pues la diosa del agua les protegía y no iba a permitir que les sucediera nada malo.

Sin embargo, contrariamente a lo que Betania pensaba, los aldeanos se desesperaban. Más aún al comprobar que los pocos alimentos que tenían almacenados comenzaban a escasear.

—Si no hacemos algo, pronto pasaremos hambre —dijo un viejo de cabello blanco.

—¿Qué podemos hacer? —preguntó uno que estaba sentado a su lado—. Nosotros solamente sabemos pescar, pero es inútil seguir intentándolo si Iemanjá no ha dejado peces en el río.

—Es verdad —afirmaron a coro los que estaban allí reunidos.

—Entonces —dijo el viejo con voz mansa—, tendríamos que pensar en marcharnos a otra parte antes de que sea demasiado tarde.

—Marcharnos... —repitió Betania casi en susurro. ¿Cómo era posible marcharse a otra parte? Dejar la aldea, la playa, el árbol, la casa... No podría abandonar aquel sitio que ya se había convertido en algo propio de tanto mirarlo.
Tendría que haber alguna manera de evitarlo.

Cuando el atardecer cubrió de reflejos el lomo del río, como alertando a los pescadores que había llegado el momento de iniciar la jornada, unas pocas jangadas se hicieron al agua. Si aquella noche tampoco conseguían pescar, a la mañana siguiente todos los aldeanos se marcharían a otra parte.

Poco a poco, la noche se tornó oscura e inmensa. Betania, acostada en su hamaca, no conseguía conciliar el sueño y ni siquiera podía mantener los ojos cerrados. Con la mirada fija, pensaba y pensaba.

Al cabo de un rato decidió levantarse.

Suavemente saltó de la hamaca y salió de la choza sin hacer ruido. Al alzar la cabeza, notó que en el cielo había muy pocas estrellas.
Entonces permaneció un momento quieta, observándolas.

Luego se acercó a su árbol. Y hablando con un hilo de voz, dijo:
—No quiero irme a otra parte. Aquí está mi casa.
Si pudiese hablar con Iemanjá y explicárselo. Si ella quisiera escucharme... ¡Lo intentaré! ¡Iré a llamarla!
Corriendo se dirigió hacia la playa, deteniéndose tan cerca de la orilla que sus pies descalzos se hundieron en la arena y comenzó a llamar:
—¡Iemanjá! ¡Iemanjá!
Luego aguardó en silencio, segura de que la diosa respondería de algún modo a su llamado, pero... nada.

—Quizá en medio de tanta oscuridad no pueda verme y no sepa quién soy —murmuró Betania—. ¡Ya sé! —exclamó casi en seguida.
Sin pérdida de tiempo recogió leños secos y con ellos encendió una hoguera.

Las llamas se irguieron tan desafiantes que ahuyentaron la oscuridad.
—Ahora, si quiere, puede verme —dijo la niña en voz baja.
Y casi en el mismo tono volvió a llamar:
—¡Iemanjá! ¡Iemanjá! Soy Betania, quiero hablarte. ¿Me oyes?
Al notar que los escasos reflejos plateados que hasta entonces había en el agua, de pronto, aumentaban, Betania comprendió que aquélla era la respuesta que la diosa le enviaba dándole a entender que sí la oía.
—Iemanjá, la gente de la aldea dice que estás enfadada. ¿De verdad lo estás?
Los reflejos, nuevamente, aumentaron.
—¡Vaya! Entonces era cierto... —dijo Betania—. ¿Qué hemos hecho para molestarte? Si tú hablaras como nosotros podrías contármelo. Dime, ¿crees que se te pasará el enfado? Es que si no tendremos que marcharnos, pues de alimento ya nos queda poco y nada. ¿Se te pasará?

A la niña le pareció que los destellos aumentaban un poquitín, como si Iemanjá, indecisa, se lo estuviese pensando.

—Venga, seguro que tampoco es para tanto —dijo la niña animándola a hacer las paces—. Para que se te pase más pronto te haré un regalo.

Sólo entonces, al acabar de decirlo, cayó en la cuenta de que a Iemanjá siempre se le pedían cosas; se cogía lo que la diosa ofrecía, pero nunca le habían dado nada. Quizá por eso Iemanjá estaba enfadada.

«He de regalarle algo para que se dé cuenta de que ella es muy importante para nosotros y que no puede seguir enfadada», pensó Betania.

Pero no atinaba a descubrir qué podía ser. Hasta que, luego de buscar y buscar, comprendió que para ella lo más preciado eran las flores de su árbol. Entonces decidió entregárselas.

Las cortó una a una, a sabiendas del peligro que corría si su árbol se quedaba sin flores. Pero el mal, fuese cual fuese, no podría ser peor que el de tener que marcharse.

Al cabo de un rato regresó a la playa con todas sus flores. A Iemanjá tendrían que gustarle.

Con los pies dentro del río y el brazo bien estirado, le lanzó una. La flor permaneció un momento quieta, flotando, pero luego, empujada por las ondas del agua, regresó a la playa.

«No la quiere. ¡Está muy enfadada!», pensó Betania.

De todos modos, volvió a intentarlo un par de veces más. Pero el resultado fue el mismo. Al parecer, Iemanjá no estaba dispuesta a aceptar sus regalos.

Betania, al comprenderlo, bajó lentamente la cabeza.

—Lo siento —dijo la niña. Luego permaneció en silencio, pues no le salían las palabras. Dejó que el cabello se agitase con la brisa y le cubriese la cara, así nadie notaría que lloraba.

Miró las flores que llevaba. Como las había cortado para Iemanjá, decidió entregárselas a pesar de todo. Lanzó el ramo a modo de despedida. Todo había sido en vano.

Y cuando se disponía a regresar a su casa notó algo que la obligó a detenerse.

Las flores, flotando entre los reflejos que se hacían más intensos, no eran devueltas a la playa, sino que avanzaban hacia el medio del río. Incluso las que habían quedado sobre la orilla, llevadas por la corriente, también se alejaban.

¡Iemanjá, finalmente, había decidido tomarlas!

—¡Póntelas en el pelo! —gritó Betania, radiante de alegría—. ¡Pero engánchatelas bien para que no se te caigan!

Se estuvo rato y rato con los pies dentro del agua. El corazón le repiqueteaba y le llenaba de sonrisas los labios.

Cuando las llamas de la hoguera se volvieron tan pequeñas que casi no se alzaban del suelo, la niña dio media vuelta y se encaminó hacia su choza.

Pasaba de la media mañana cuando los gritos de los aldeanos la despertaron. Se incorporó de un salto y salió corriendo.

Todos los habitantes de la aldea, reunidos en la playa, miraban y señalaban las jangadas que pesadamente se acercaban, sin parar de hacer comentarios. Su impaciencia era tal que no podían estarse quietos. Estiraban el cuello y ponían sus manos sobre la frente, intentando ver más lejos. Entonces, cuando pudieron distinguir el rostro de los pescadores que regresaban, antes incluso de que ellos dijeran nada, supieron que traían buena carga.

Las exclamaciones y los gritos de alegría resonaron muy alto.

Entre todos, en medio de risas y abrazos, colocaron las jangadas sobre la arena. Repartieron el pescado y luego, como el bienestar que sentían era tan grande, decidieron celebrarlo.

Betania, antes de reunirse con su gente, se acercó a la orilla y dejó que las ondas le mojasen los pies. Entonces, casi en seguida, vio surgir en medio del agua una de sus flores blancas, que rápidamente se acercó a donde ella estaba, como si una mano invisible se la entregara. Betania la cogió, prendiéndola en su cabello, sobre la oreja.

A partir de entonces, cada mañana apareció en la orilla una flor blanca, hasta que el árbol de Betania volvió a florecer. Seguramente, como la niña ya no las necesitaba, Iemanjá había decidido guardar para ella las que aún le quedaban.

Nací en una isla muy bonita: Mallorca.
Siempre pensé que algún día me dedicaría a ilustrar libros de cuentos.
Un buen día decidí ir a Barcelona para estudiar Bellas Artes. Luego me dediqué a la publicidad durante varios años; hasta que, por fin, surgió la posibilidad de ilustrar un libro para niños. Y desde entonces vengo haciendo lo que a mí me gusta: ilustrar libros de cuentos.

Nací en un país muy pequeño: Uruguay. Luego, siendo ya adolescente, me trasladé a Brasil, donde viví durante varios años.
El color, el ritmo, la vegetación, la magia de este país me cautivó de tal manera, que, en cierta forma, está presente en varios de mis cuentos. Betania, por ejemplo, es un pedacito de Brasil.

Segunda edición, 1990
Depósito Legal, B. 27.691-1990
ISBN 84-261-2137-3
Núm. de edición de E. J.: 8.392
Impreso en España - Printed in Spain
T.G. Hostench, S.A. Córcega, 231-233 - 08036 Barcelona